Nadie como mamá

Jutta Langreuter

Nació en Copenhague, vivió de niña en Bruselas y hoy en día vive con
su familia en Múnich. En su profesión como psicóloga, ha trabajado
muchas veces con niños. Cuando se convirtió en madre de sus dos
hijos comenzó a escribir libros infantiles con mucho entusiasmo.

Stefanie Dahle

Nació en Schwerin en 1981 y ya de niña pasaba largas horas viendo
libros ilustrados y dibujando en las paredes de las habitaciones.
Estudió ilustración en Hamburg University of Applied
Sciences en Hamburgo, y hoy en día ha creado maravillosos
mundos llenos de fantasía en sus libros de ilustraciones,
en los que uno puede sumergirse por horas. Desde 2007
trabaja exclusivamente para la Editorial Arena.

Dedicado a mis hijos Jeremy y Jonas
J. L.

Jutta, Langreuter
    Nadie como mamá / Langreuter Jutta ; ilustradora Stefanie
Dahle ; traductora Lia Pardo. -- Bogotá : Panamericana Editorial,
2016.
    28 páginas : ilustraciones ; 28 cm.
    Título original : *So lieb hab ich nur dich.*
    ISBN 978-958-30-5142-5
    1. Cuentos infantiles daneses 2. Animales - Cuentos infantiles
3. Amistad - Cuentos infantiles 4. Familia - Cuentos infantiles
I. Dahle, Stefanie, ilustradora II. Pardo, Lia, traductora III. Tít.
I839.813 cd 21 ed.
A1518714

    CEP-Banco de la República-Biblioteca Luis Ángel Arango

Primera edición en Panamericana Editorial Ltda.,
junio de 2016
Título original: *So lieb hab ich nur dich*
Textos: Jutta Langreuter
Ilustraciones: Stefanie Dahle
© 2015 Arena Verlag GmbH, Würzburg, Alemania
www.arena-verlag.de
© 2016 Panamericana Editorial Ltda.,
de la versión en español
Calle 12 No. 34-30, Tel.: (57 1) 3649000
Fax: (57 1) 2373805
www.panamericanaeditorial.com
Tienda virtual: www.panamericana.com.co
Bogotá D. C., Colombia

Editor
Panamericana Editorial Ltda.
Traducción del alemán
Lia Pardo
Diagramación
Martha Cadena

ISBN 978-958-30-5142-5

Impreso por Panamericana Formas e Impresos S. A.
Calle 65 No. 95-28, Tels.: (57 1) 4302110 / 4300355. Fax: (57 1) 2763008
Bogotá D. C., Colombia
Quien solo actúa como impresor.

Impreso en Colombia - *Printed in Colombia*

Jutta Langreuter - Stefanie Dahle

Nadie
como mamá

PANAMERICANA
EDITORIAL
Colombia • México • Perú

—¡Oh, ya tengo suficiente, Josi! —grita la mamá conejo.
—¡Siempre tengo que decírtelo dos veces!
¿Cuándo ordenarás por fin? ¡No quieres crecer!
¿Y cuándo harás ejercicio en las mañanas?

—¡Yo también tengo suficiente! —grita el conejo Josi como respuesta.

—¡Eres la peor mamá del mundo! ¡Me voy a vivir con mis amigos!

Los bigotes de la hermana de Josi, Martha, tiemblan.

Los bigotes de la hermana de Josi, Mette, también tiemblan.

Los bigotes de la mamá conejo no tiemblan.

—Bien —dice muy tranquila—. ¿Y qué amigos son esos?

—La ratona Lara, el tejón Rafi y la ardilla Fipsi.

Y, además, la prima Pepi —Josi enumera a todos sus amigos.

—Ajá —dice la mamá conejo—. ¿Y preferirías vivir con cualquiera de ellos?

—Bueno, seguro, es mucho mejor que aquí —dice Josi con tono malicioso.

Josi empaca su morral y, de inmediato, se pone en camino.
La coneja Martha rompe en llanto.
La coneja Mette, también.
—Solo esperen —las consuela la mamá conejo—. Seguro regresará.

El primer lugar adonde va el conejito Josi es la casa de la ratona Lara.

Toda la familia Ratón se alegra y la mamá ratona dice: —Espero que te quedes con nosotros.

Como saludo de bienvenida, acaricia cariñosamente el pelaje de Josi.

"Pero mis orejitas, solo mamá las sabe rascar", piensa Josi. "Solo mamá sabe".

Para el almuerzo hay un delicioso gratinado de raíces y ensalada de ortiga. Después del almuerzo Josi juega con Lara y todos sus hermanos. Dibujan, construyen torres, juegan a la tienda y se disfrazan.

—Ay —exclama Josi, sin pensarlo—. ¿Qué fue eso?

—Ah, solo tropezaste con una canica —dice Lara.

—Por poco mi tobillo se tuerce —se queja Josi.

—Tienen muchas cosas por todas partes. ¿Nunca piensan ordenar?

—No —es lo único que opina Lara.

Después de una grandiosa comida con hojas de tulipán encurtidas, todos caen muertos de cansancio.

En la noche, Josi debe hacer pipí.
¡Está tan oscuro!
Josi se tropieza con el carrito de
compras.

… y con la torre de fichas de construcción.

Cuando regresa del baño, resbala sobre
un lápiz de color y aterriza encima de
Leo, el hermano de Lara.

—Lara —dice Josi a la mañana siguiente. Seguirás siendo
mi amiga. Pero no puedo vivir con ustedes. Aquí hay muchas
cosas por todas partes con las que puedo tropezar.
Todos los ratones se despiden de un gesto mientras Josi
se va adonde la siguiente familia.

De hecho, se dirige adonde la familia Tejón.

—Siéntete cómodo con nosotros —dice la mamá Tejón y abraza a Josi.

"Ella es tan amable", piensa Josi. "Pero mis orejitas, solo mamá sabe rascarlas. Ella no seguramente. Solo mamá sabe cómo".

La comida es una papilla de habichuelas y escarabajos rellenos.

Pero Josi no come con los demás.

Rafi no tiene muchos juguetes con los que se pueda tropezar.

Y cuando juegan escondidas en el tejado hecho de grandes ramas, todos la pasan muy bien.

Solo una cosa, ¿qué es lo que huele tan extraño?

Josi duerme con Rafi y sus dos hermanos pequeños en una habitación.

También allí huele extraño.

Josi se queda pensativo. ¿Acaso Rafi no ha olido siempre un poco extraño?

A la mañana siguiente, Rafi lo despierta.

—¡El desayuno está listo! —exclama—. ¡Después seguiremos jugando!

—¿No toman un baño después de que se levantan? —pregunta Josi.

—No —Rafi se ríe—. Nunca nos bañamos.

Rara vez nos lamemos para limpiarnos.

—Por eso huele tan mal aquí —dice Josi.

—Es nuestro famoso olor de familia —Rafi el tejón se ríe.

—Rafi —dice Josi—. Seguirás siendo mi amigo, pero no puedo vivir con ustedes.

Antes de seguir hacia la casa de Fipsi la
ardilla, Josi se baña en el arroyo.

Toda la familia Ardilla saluda con
alegría a Josi.

De inmediato, le dan un plato lleno
de avellanas ralladas con hojas de
roble.

La ardilla mamá acaricia la cabeza de Josi.

"Pero ella no sabe rascar mis orejitas. Solo mamá sabe",
piensa Josi.

En la casa de las ardillas, todo está ordenado. Nadie apesta.
Y Josi puede reír y hacer chistes todo el día. Fipsi le muestra
dónde tiene la familia sus escondites de comida. ¡Josi nunca
habría podido notarlos! Todo sería maravilloso si…

... Si Josi no tuviera que trepar el árbol para llegar
a la casa de las ardillas!

Incluso cuando Fipsi lo ayuda a subir,
¡simplemente es tan agotador!

"Este no es el ejercicio de la mañana para nosotros
los conejos, en absoluto", piensa Josi.

Así que le dice a Fipsi: —Seguirás siendo mi amiga,
pero no puedo vivir con ustedes.

Josi se pone en camino a casa de su prima Pepi.

Va por entre el bosque, sobre la gran pradera, por el campo y sobre el puente hasta llegar cerca del pueblo.

Su tía Gesine, de inmediato, lo envuelve en los brazos.

"Ella es tierna, pero no puede rascar mis orejitas", piensa Josi. "Solo mamá sabe".

En la casa de la prima Pepi, todo es maravilloso. Josi no tropieza con nada. Nadie apesta. Nada es agotador.

Todo es hermoso: paseos emocionantes con toda la familia, interesantes juegos con Pepi y sus amigos, y zanahorias todos los días. —¡O rabanitos! Aquí me quedaré—, decide Josi el segundo día.

"Aquí me quedaré", piensa Josi al tercer día.
Pero algo le hace presión en el cuello.

"Aquí me quedaré", piensa Josi el cuarto día.
Pero algo da un tirón en su estómago.

"Aquí me quedaré", piensa Josi el quinto día.
Pero algo le da un pinchazo en el corazón.

El sexto día, Josi piensa: "Todos son tan amables conmigo. No debo hacer nada que no me gusta. Aquí tengo todo. Pero algo me hace mucha falta".

De repente, Josi agarra su morral,
anda por el campo, corre por el puente,
salta por la gran pradera, va a toda prisa
por el bosque hasta la casa de los conejos
y abre la puerta.

—¡Mamá! —exclama Josi.
—¡Josi! —exclama mamá—. ¡Has regresado!